詩集

異界だったり
現実だったり

勝嶋啓太×原詩夏至

コールサック社

詩集　異界だったり
　　　現実だったり

　　目次

I

夜逃げ　　　　　　　8
化石掘り　　　　　　10
雨男雨女　　　　　　12
墓参り　　　　　　　14
宇宙老婆　　　　　　16
水族館　　　　　　　18
体だけは　　　　　　20
スポンジ母さん　　　22
乾電池　　　　　　　24
入れ歯スマイル　　　26

II

花と怪物　　　　　　30
キングギドラ　　　　32
ほほえみアンギラス　34
サラマンダー　　　　36
ウルトラウェイトレス　38
風神雷神　　　　　　40
うずまき大王　　　　42
脚　　　　　　　　　44
のほほん　　　　　　46
空を見ると…　　　　48

III

ハードボイルド	52
にせもの	54
ガスボンベ	56
正々堂々	58
ごま油	60
五臓六腑	62
タイ料理	64
捻挫エース	66
へそ地獄	68
来々軒で…	70
神様	72

IV

大邪神	76
跋文　佐相憲一	88
あとがき	92
略歴	94

詩集　異界だったり
　　　現実だったり

勝嶋啓太×原詩夏至

I

夜逃げ　　勝嶋啓太

まったく眠れないので　散歩に出た
真夜中の街を　ぶらぶらと歩いていると
数年前から行方不明の友人に　ばったり出くわした
見る影もなく　痩せこけて　真っ蒼な顔をしている
お前　今まで　一体どこでどうしてたんだ　と聞くと
逃げていた　今も逃げている　と言う
悪いところから借金でもしたのか　と言うと
違う　ただ　怖くて　逃げている　と言う
友人によると　真夜中に　突然
何か　に追いかけられていることに気づいて
怖くなって　逃げ出したのだが
いまだに　その　何か　が追いかけてくるので
逃げ続けているのだ　と言う
何か　って何？　と聞いたのだが　友人は答えず
ふらふら　とした足取りで　闇の中に消えていった
よく見ると　あちらこちらに
真っ蒼な顔した人々が　ふらふら　と歩いていて
みんな　何か　から逃げているみたいに見えて
その時　突然　ぼくも　実は
何か　に追いかけられていることに　気づいた
ぼくは　怖くなって　慌てて家に帰ろうとしたが
自分の家がどこにあるか　もうわからなくなっていて
それ以来　ずっと　夜で
いつまでたっても
朝が　来ない

夜逃げ　　原 詩夏至

夜逃げっていうのは　夜中に　こっそり
どこか陽の当たる　別の世界へ
引越ししていく…ってことではない
むしろ　なけなしの　片道切符で
二度と明けない　夜の世界へ
旅立ってしまう…ってことなんだ
例えば　昔　俺が住んでいた部屋は
廂に　白と緑の　ビニールの
うす汚れた日除けが付いていて
どうして　普通の住まいに　こんなもの…と
不思議だったが　聞けば　元々
ここは　仕立て屋の　Ａさんの一家が
長いこと　暮らしていたところで
近所の皆さんの話では　おかみさんは
けらけらよく笑う　陽気な人気者で
評判も　全然　悪くはなかったのに
どうも　旦那が博奕にハマって
或る晩　突然　姿をくらました
それっきり　誰も　見た者はないそうだ
仕立て屋のＡさんと　その陽気なおかみさんと
その頃　まだ小さかった子供たちは　その後
二度と明けない　夜の世界で　それはそれなりに
楽しくやっているのか…今思えば　月の綺麗な晩など
時々　日除けが　風に鳴る音に混じって　誰かが
遠くで　けらけら笑う声が　聞こえた気もするのだが

化石掘り　　勝嶋啓太

６丁目にある　小さな公園で
おじいさんがひとり
ただひたすらに地面を掘っていた
あのー　何してるんですか？　と聞くと
化石掘りだという
こんなところで化石が出るんですか？
もしかして恐竜の骨とか出るんですか？　と聞くと
おじいさんは静かに微笑んで
記憶です　と言った
よくわからないけど　ヒマだったので
おじいさんの横で
ぼくも　化石掘りをしてみる
陽が沈むまで　あちこち掘ってみたけれど
出てくるものといったら　どれもこれも
ただの石ころばかりだった
いい加減飽きたし　腰も痛くなってきたので
あの　ぼく　もう帰ります　とおじいさんに言ったが
おじいさんは返事もせず
ひたすら化石掘りを続けていた
そして出てきた無数の石ころを
なんだかとっても大事そうに　丁寧に　丁寧に
布の袋に入れていた
その様子が　何だかとっても　かなしそうだったので
ぼくは　無言でその場を離れた
おじいさんは　ずっと　化石を掘り続けていた

化石掘り　　　原 詩夏至

きのう　ネットの画像で　超古代の巨人の化石を見た
穴の中に　現代人のと少しも変わらない
完全な人骨１セットが　胎児みたいに丸まっていて
傍らに　考古学者風の　豆粒大のオヤジが屈んでいる
その表情は　あくまで厳粛で　笑顔もピースもなく
といって　余りの〈驚愕の事実〉に打ちのめされ
もう　一生消えないトラウマを被ってしまった
……というほどの〈崩壊感覚〉もなく
むしろ　静かに　瞑想しながら
野糞でも垂れている佇まいだ
次の画像は　同じオヤジが　発見した巨人の頭蓋骨を
大八車に積み込んで　相変わらず
インドの哲人みたいな面構えで　現地の仲間たちと
カメラの方向へ迫って来るの図　見ているこっちも
笑っていいのか　怒っていいのか　それとも
本気で「ええーっ！」と驚いていいのか　途方に暮れ
いつか　同じようなインドの瞑想に　果てしもなく
沈み込んでいく――「世界って　一体　何なんだ？」
吉野弘の詩「夕焼け」は　昔　教科書で読んだ
老人に二度席を譲り　三度目に譲りそびれた少女が
唇を噛みしめ　項垂れて　夕焼けの車内に坐っている
一体　どこまで行ったんだろう――そんな詩だった
今　俺は思う　あの　厳粛な顔の　化石掘りのオヤジ
あいつは　じゃあ　どこまで行ったのか　大八車に
あの　馬鹿げた　超古代の巨人の頭蓋骨を積み込んで

雨男雨女　　　勝嶋啓太

自慢じゃないが　雨男　だ
自宅から歩いて３分のラーメン屋で昼飯を食って
ちょうど店を出た途端　集中豪雨に遭い
慌てて　走って家に帰ろうとして　水溜りでコケ
びしょ濡れになりながら　命からがら家に辿り着き
玄関開けた瞬間　晴れた　という伝説を持つ
そんな話を　自主映画仲間の女の子にしたら
実は　あたしも　雨女　なのよね
家族旅行　修学旅行　運動会　学園祭……
一切　晴れたことない　とのこと
そう言えば　ふたり揃うと撮影は必ず雨で中止だった
雨男雨女で　なんか仲良くなって　イイ感じだったが
一緒にどっか遊びに行っても　いつも大雨で
つまんないのであった
そのうち　彼女は　仕事の都合で
関西に引っ越してしまい　ふたりの関係は
何となく　終わってしまったのだが
数年経って　彼女から
結婚しました　というハガキが来た
旦那さんと一緒に嬉しそうに笑っている
ウェディングドレス姿の彼女の背景に写っている空は
気持ちがいいぐらい　スッキリとした　青空で
ハガキの隅っこには
彼女独特な丸っこい字で　小さく
彼は晴れ男です　と　書いてあった

雨男雨女　　原 詩夏至

「雨だなあ、また…」「んだなあ…」
そう呻き合って　男と女は　サッシ窓から
外の景色を眺める　とろんと気だるげに
もう　何日になるのか　この土砂降り
これでは　出かける気にもならないので
仕方なく　ずっと　アパートにこもって
食うものと言えば　スナックかラーメンだけ
することと言えば　ゲームかセックスだけ
そうでなくても　蒸し蒸しするのに
汗はかくし　着替えてもどうせすぐまた脱ぐので
ふたりとも　裸で暮らしている
それとも　イチジクの葉っぱ代わりに
そこに転がってる　ラーメンの空き容器で
あそこを隠せば　まだ少しは　罪深さが隠せるのか
この　びしょ濡れのふたりの　びしょ濡れの世界の…
「雨だなあ、ゲコ…」「んだなあ、ゲコゲコゲコ…」
そう鳴き交わして　男と女は　サッシ窓から
もう半ば水没した町を眺めている　黄色い丸い目で
そうとも！　俺たちは　この世の終わりの
洪水が　遂に　始まったっていうのに
つい　箱舟に乗り損ねて…というより　実を言えば
この世に　そもそも　箱舟なんてものがあることすら
ニュースも　新聞も　見ていなくて　知らなくて
いつか　置き去りにされていたので　仕方なくて
生存のため　一緒に「進化」を始めたのさ　雨蛙に…

墓参り　　勝嶋啓太

もう１５年ぐらい前の話――
友人が　Ａ子の墓参りに行きたい　と言った
Ａ子は　ぼくの映画仲間の１人で
友人の別れた彼女だった
まだ２０代半ばだったけれど
心の中に　たくさんのかなしみを抱えていて
抱えきれなくなって　ある日　遺書も残さずに
自分のアパートの屋上から飛び降りた
友人は　Ａ子が死んでから　彼女が生前に
ささやかな自分用の墓を
すでに買っていたことを知った
あいつは最初から何十年も　生きるつもりは
なかったのかもしれない　と友人はぼくに言った
今はとてもひとりでは行けないから　と頼まれ
友人に付き合って　Ａ子の墓参りに行った
霊園の人に案内されて
コインロッカーが並んでいるようなところに通された
そのコインロッカーみたいなのが　墓　なのだそうだ
その隅っこのひとつが
Ａ子の　墓　だということだったが
はっきり言って　ぼくには　墓とは思えなかった
友人は　終始　険しい顔で　無言だった
帰りの電車の中で　友人はひと言
バカなオンナ！　と吐き捨てるようにつぶやいた
友人は　中野駅で　無言で降りて行った

墓参り　　原 詩夏至

墓へ！　墓へ！　みんなで墓参りへ！
遠い目をした　巨大な群衆が
どどど！　どどど！…と　荒野を渡ってゆく
墓って　一体どこだ！　どどどど！
どこに　そんなに　でっかい墓場が？
どどどど！　知らない！　どどどど！　どどどど！
それでも　群衆は　振り向きもせず
サボテンだらけの　荒野を渡ってゆく
その　道筋には　墓まで行き着けず
はかなく倒れた　死体が転がる
剥き出しのまま　墓すら　立てられず
そのくせ　うっとり笑った　死に顔で…
墓へ！　墓へ！　みんなで墓参りへ！
わんわん！　犬は吼える　だが　隊列は続く
あの世だ！　あの世だ！　みんなであの世行きだ！
墓場で　あの懐かしい人たちに　尋ねるんだ
優しかった　でも逝ってしまった　あの顔この顔に
もう一度　花を捧げて　呼びかけてみるんだ
皆さん！　聞いて下さい　こっちの世界には
何にも…もう何にもありません！　お願いです！
扉を開けて　私たちを　そっちへ入れて下さい！
どどどど！　どどどど！　隊列は止まらない
ほら　もうすぐ海だ　ここそ　全ての生きる者の
最初のゆりかご　そして最後の墓　夕陽を満面に
断崖を跳び　誰かが絶叫する──「着いたぞ！」と

宇宙老婆　　勝嶋啓太

ガキの頃　うちの隣のアパートに住んでいた
ひとり暮らしのおばあさんが
ちょっと宇宙人っぽかった
小柄で　ちょっと丸っこくて　わりとどこにでもいる
可愛らしいおばあちゃんだったが
耳の形がヘンで　ちょっと尖っていて
スターウォーズに出てくるヨーダみたいだったので
本当に宇宙人かもしれない　と
ぼくは勝手に思っていた
愛想のいいおばあちゃんで　ぼくの母とも親しく
ぼくが朝学校に出かける時に
よくアパートの前を掃除していたので
「おはようございます」「いってらっしゃい」
と挨拶を交わした
ある夏の夜
暑かったので　自分の部屋の窓を開けると
おばあちゃんが　アパートの前で
夜空を見上げているのが見えた
その顔が　なんかとっても　かなしげで
ぼくは　おばあちゃんは
自分の星に帰りたいのかもしれない　と思った
しばらくして　おばあちゃんはいなくなった
亡くなったと母からは聞いたが
ぼくは　おばあちゃんは　きっと
自分の星に帰ったのだと　思った

宇宙老婆　　原 詩夏至

昔　宇宙は　未来を夢みる少年の　自由の領野だった
山のあなたの空遠く　星のあなたの空遠く
幸い住むと　カール・ブッセも　他の人々も言ったし
多分　自分でも　そう信じていた
だが今　西暦１億15年　宇宙は　明日なき老人の墓
増えに増えすぎた人口を減らすため
満７万歳に達したお年寄りは　掟により　例外なく
僅かな燃料と　数日分の食糧だけを搭載したロケットで
銀河に飛ばされる　これがほんとの
「姥捨山」ならぬ「姥捨宇宙空間」
しかも　思うに　この制度の　一番いやな所は
その「口減らし」の本音を　実は　みんなが
知っているのに　それでも　建前的には　あくまで
こう言い続けていること──「おお！　素晴らしい！
人が　幾つになっても　宇宙を　未来を夢見る
少年少女の心を忘れずに　ここにまた
新たな旅立ちの朝を迎えられるということは！
我々はリスペクトします　皆様を　皆様の勇気を！」
とはいえ　そんな　白く塗られたブラックホールにも
たまには　気持の良い風が　吹く日もあり
例えば　今朝方の「姥捨ロケット」で発進したのは
69960年　５歳年下の　気のいい亭主と
暮らして　先立たれた　気のいい老婆だとか
「おーい、あんたーっ！」と叫んで　ドカーンと
きっと　どこかにある「天国」へ……

水族館　　勝嶋啓太

大昔　クジラの祖先は　さらなる進化を目指して
住み慣れた海の生活を捨て　陸に進出したそうな
でも　陸の生活には　なかなか馴染めず
あきらめて　俺　やっぱ　海に帰るわ　という奴と
俺　もうちょっと陸で頑張ってみるよ　という奴に
分かれたんだそうな
で　海に帰った一族は　今の形のクジラになり
陸に残った一族はその後　カバになったのだそうだ
生物学的に根拠のある話なのか　おとぎ話なのか
知らないが　ぼくはこの話が好きだ
カバが海に行ったらクジラになる　っていうのが
なんか楽しい
それに　別れ別れになってしまったカバとクジラが
結局　それぞれに居場所を見つけて
うまくやっているというのも　ロマンがあっていい
水族館に行くと　いつも　この話を思い出す
多分「水族」という部分が　「海に帰った一族」
というイメージを連想させるからだろう
カバの「水族」が　クジラなら
こうやって水槽の中を悠々と泳いでいる
サカナエビカニイカタコクラゲなどなど　の中に
もしかしたら　遥か昔
人間の「水族」だった奴も　いるのかもしれない
そんなことを夢想すると　なんか楽しくなるのだ
……でも　水族館でクジラ見たことないんだけどね

水族館　　原 詩夏至

思うに　ビルから身を投げるやつは
本当は　墜ちて死にたいわけじゃなく
心の底の　底の　無意識では　ひょっとしたら
このまま空を飛べるんじゃないか…と
たとえ　確率は１億分の１パーセントでも　最後に
イチかバチかの大勝負をしてから死にたい…と
思っているフシが　あるんじゃなかろうか
つまり　地面に落ちても　死なずに
または　身体は死んでも　魂は　再び
トランポリンみたいに　びよーんと跳ね上がって
最後は　やっぱり　空を飛ぶんじゃないか…と
とはいえ　フツーは　そこまで踏み切らずに
例えば　プラネタリウムの　偽の星空を　ぼーっと
眺めたりするだけだが…そう　君みたいに
一方　崖から身を投げるやつは　これはもう
元々　空など　思いの他のことで
心の底の　底の　無意識では　ただひたすら
海に帰りたい　貝になりたい　魚に戻りたい…と
そのことばかりを
しーんと　考え続けて来たんじゃなかろうか
そして　ある時　我慢できずに　とうとう…
とはいえ　フツーは　そこまで踏み切らずに
例えば　水族館の　偽の海底で
小さな　ヒトデの水槽に　こつこつ
額を　ぶつけたりするだけだが…そう　俺みたいに

体だけは　　勝嶋啓太

体だけは　気をつけて
母は　僕が出かける時
必ず　そう言う
今もそう言って　僕を見送った
そんなオーバーな
まるで　これから長い旅に出るみたいな感じだけど
俺　これから　バイトに行くだけだよ
夕飯には帰って来るんだからさ
と言うと
母は　無言で　微笑んだ
じゃ　いってきます　と言って
歩き始めて　ふと振り返ると
母は　まだ　玄関前に　立っている
もういいから　家の中に入りなよ
と手で合図する
母は　また微笑んだ
角を曲がる時　何気なく振り返ったら
まだ　立って　見送っていた
その時　僕は
あと10年後か15年後か
そう遠くない未来に　訪れるであろう
母との別れの時に
思い出すのは　きっと
母の　そんな姿なんだろうなあ
と思った

体だけは　　原 詩夏至

朝　リビングへ来ると
ゆうべ　俺より夜更かししたかみさんが
見ていたとおぼしい　韓流ドラマが
一時停止のまま　点けっぱなしで
画面いっぱい　美人のおばさんが
茶の間で　顔をくしゃくしゃにして
泣き崩れたまま　固まっちまっている
その下には　日本語の字幕が　一言
「体だけは　きれいなままなのに」
おばさん　おばさん　一体どうしたんだ？
体だけは　きれいなままなのに
心は　すっかりうす汚れちまったのかい？
そんなの　誰でもみんな一緒さ
ていうより　体だけでも　きれいでいられて
あんた　まだしも　ラッキーなほうかも
それとも　体だけは　きれいなままなのに
とうとう　白馬の王子様には出会えず
そのまま　おばさんになっちまったのかい？
それはつらいね　でも　もう泣くなよ
そのうち　よぼよぼのロシナンテにまたがった
中年太りの　白馬のおじ様が
ぽっくりぽっくり　来るかも知れないしさ？
体は　すっかりうす汚れちまっても
心だけは　きれいなままのやつが
「お待たせ！」と　満面の笑顔で

スポンジ母さん　　　勝嶋啓太

某月某日某曜日
今日は　朝から　雨である
よく見たら
母さんが
ちょっと　膨らんでいる　ように見える
気のせいか？

某月某日某曜日
今日は　晴れて　気持ちがいい
洗濯物を干している
母さんの　背中を見ていると
昨日より　ちょっとだけ　小さい　気がする
でも　動きは　軽やかだ

某月某日某曜日
バイトから帰ると
母さんが
通販で買った　シェイプアップなんちゃらで
運動している
いつもより　ずいぶん　細くなってんじゃん
と思ったが
終わった後　ああ　くたびれた　って
麦茶を飲んだら
元に戻った

スポンジ母さん　　　原 詩夏至

生まれた時　たまたま目にした
最初の動くものが　おもちゃの機関車だったばかりに
その後　死ぬまで　おもちゃの機関車を
お母さんだと思って　追い回し続けた
あの　実験室の　可哀相なひよこ
「お母さん！　お母さん！」「ポッポー！」
「待ってよう！　待ってよう！」「ポッポー！」
それでも　まだ　そのひよこは　お母さんと信じて
呼びかけ　追いかけられる「何か」があっただけ
どん底よりは　やや　幸せだったのだろうか
そう言えば　昔　俺の友だち（女）に　いつも
等身サイズの　全身桃色の　スポンジ製のお母さんを
背中に括り付けて　ふらふら　よろよろ
しかも　自分は　赤い　でっかいベビーウェアを着て
時々「オンギャー！　オンギャー」と　楽しそうに
泣き叫びながら　歩いてるやつがいて
最初は「な、何だ、こいつ…」とドン引きしたものの
話してみると　それ以外のところは　優しいいい娘で
ま　人の主義主張や趣味は　これでも一応
民主国家だし　多様でいいわけだし　だから別段
そこを今更　どうこう言うべき筋合いじゃないか…と
考え直して　つきあってたんだが　今思えば　あいつ
或いは　あのおもちゃの機関車の子供（自称？）の
ひよこの一匹だったんだろうか…ま　スポンジの方が
機関車よりは　少しは　ふかふかとは　思うけど

乾電池　　勝嶋啓太

子供の頃　ロボットのおもちゃを持っていた
単１だか単２だかのぶっとい乾電池を
２本だか３本だか入れて　スイッチをＯＮにすると
赤くて丸い目がピカピカ光りながら　ガーガーと歩く
結構お気に入りで　しょっちゅう遊んでいたのだが
だんだん　歩くのが　途切れ途切れになって
ある日　動かなくなった
でも新しい電池を入れたら　また元気に歩き出した
そのうち　いくら乾電池を入れ替えても
動かなくなってしまったけど……

３年前に心室細動という心臓発作で倒れて以来
父の心臓は　機械仕掛けで動いている
次に心室細動を起こしたら死んでしまうので
緊急時に働く小型のＡＥＤが内蔵されている
ペースメーカー（ICDという）が取り付けられている
その機械が電池で動いているんだそうで
その電池の寿命が６年ぐらいだそうだ
先日
３年後に電池交換の手術を受けるかどうかの話となり
父は　その時８５歳だからもういいよ　と言い
母は　電池交換して１日でも長く生きられるのなら
手術を受けてほしい　と言っていた
ぼくは　なぜか
あの　おもちゃのロボットのことを思い出した

乾電池　　原 詩夏至

38年前　36歳で死んだ
オヤジは　ちょっと変わっていたけど
気前はよくて　ガキの頃の俺は
随分　おもちゃを買って貰った
おもちゃ箱は　いつでも満杯で　気づけば
おや　また　新顔が増えている　子供は子供なりに
苦労もあったが　そこだけは　一種のユートピアだ
で　その　小さなユートピアの　わりかし　底の方に
いつからか　そいつは　ひっそり　暮らしていた
電池式で　胸から　ビームが出る
カクカクした　茶色い　鉄製のロボット
気づけば　もう　結構な古株で　前から　それなりに
気になる存在ではあったのだが　重いし　持ち難いし
どっちかっていうと　敵とガチャガチャ戦わせるより
「胸を　ピカピカさせながら　勝手に歩く　この俺を
　そっちも　勝手に眺めて　楽しめ！」みたいな
「孤高」のオーラのある　タイプなので
恐縮して　そうそう　気軽には　手が出せない
それでも　或る日　ふと思い立って　箱の底から
取り出してみたのだが…あれ？　ビームが光らない
調べると　背中の乾電池が　液漏れを起こして
茶色い汁が　にちゃーっと　ボディーを濡らしている
「ああ　もう駄目だな…」──そう思ったが　何故か
全然　捨てる気にならず　再び　そっと　箱に戻した
あの　不思議に静かな気持ちは　今でも　覚えている

入れ歯スマイル　　　勝嶋啓太

うたた寝から　ふと目を覚ますと　誰もいない
父親も　母親も　どこかに出かけたらしい
食卓の上に　何かが　ポツンと置いてある
よく見たら　入れ歯であった
家で入れ歯をしているのは父親だけなので
オヤジ　入れ歯するの忘れて　出かけたのかよ
と思ったのだが
よく考えたら　形が違うような気がする
オヤジの入れ歯は
あれは　確か部分入れ歯じゃなかったかな？
こんな立派に　上の歯と下の歯が全部揃ってる
歯医者に置いてある歯の模型みたいなのだったかな
と思ったが　でも　まあ　どーでもいいか
入れ歯なんだから　多分オヤジのなんだろ
オヤジも最近　大分ボケてきてるからな
入れ歯忘れて出かけることだってあるだろう
ってことで　おやつのせんべいを喰ってて
何気なく見ると
入れ歯が　こっちに向かって　ニヤ～　と笑っていた
その時　ぼくは何故か
昔　プロレスラーで
噛みつき魔フレッド・ブラッシーってのがいたよな
と思った
次の瞬間
ぼくは　入れ歯に　喰われた

入れ歯スマイル　　　原 詩夏至

「作り笑顔」っていうのは　昔は
心は　少しも笑ってないのに
諸般の事情で　無理にも笑っていなければならない時
仕方がないので　顔の筋肉だけ
笑ったみたいな形に上げ下げする
そういう「偽装」の技術を言ったそうだ
いわば　本当はウルトラマンじゃないのに
諸般の事情で　ウルトラマン化しなければならない時
仕方がないので　ただの人間が　身体の表面だけ
ウルトラマンの着ぐるみをかぶって
「ジュワッ！」と叫んで　飛んだり跳ねたりするアレ
でも時代は変わった　今では「作り笑顔」は
そもそも　心など　もうとっくにないのに　ともかく
そこに「何か」がまだあるみたいに　何でもいいから
テキトーに穴埋めをしなければならない時
ゼロから　ご要望に応えて「創造（＝製作）」する
「作り真顔」「作り涙顔」「作り時事問題思案顔」
「作り祝婚顔」「作り哀悼顔」「作り義憤顔」等々
数ある「顔ヴァリエーション」の中の１商品
いわば　誰も「中」になど入っていない…というより
そもそも　「中」なんてものなど　どこにもない
ＣＧ製の「ウルトラ兄弟」のひとりみたいなもんだ
ちなみに　こないだ　むかついて　ぶん殴ったら
パーンと弾けて　虚空に　入れ歯だけが　まだ暫く
にたにた微笑んでいたっけ　あのチェシャ猫みたいに

II

花と怪物　　勝嶋啓太

彼は巨大だったけれども　まだ生まれたばかりで
何もわからなかったし　ひとりぼっちだったので
ただ　ひたすら歩いていた
湖の畔で　彼は　ひとりの少女に出会った
少女は　花を水面に小舟のように浮かべて遊んでいた
少女もまた　ずっとひとりぼっちだったので
彼が現れたことがうれしくって　笑顔を見せた
彼は　彼女に　恋をした
少女は彼に花を渡し
ふたりは　しばらくの間　水面に花を浮かべて遊んだ
水面に浮かぶ小さな花々を見て　少女は
お花ってきれいね　わたし　お花みたいになりたいな
とつぶやいた
彼は　きれい　というのはこういうことか　と思った
そして　少女のために何かしてあげたい　と思った
そうだ　彼女をお花にしてあげよう
彼は　少女を抱えあげると
水面に向かって　放り投げた
少女は　水の中に沈んで
もう二度と彼の前に現れなかった
彼は　その時
また　ひとりぼっちになってしまったことを知り
生まれて初めて　恐怖　という感情を抱いた
そんな彼を　人々は
怪物　と呼んだ

花と怪物　　原 詩夏至

「花」という字はね　お嬢ちゃん
「草かんむり」に「化ける」　と書くんだよ
昔々　或る所で　或る草が　とうとう　いつもいつも
皆と同じ「ただの草」であることに飽き飽きして
ふん！　一緒にしないでよ！　この雑草ども！
本当のあたしはこれよ！　と　魔女にお願いして
草の「心」　つまり自分の「芯」を売った見返りに
薬を貰って　ドロンと変身した　それが所謂「花」
言い換えれば　一種の「怪物」だね
一方　その「怪物」の「怪」だがね　お嬢ちゃん
これは「茎」という字から「草かんむり」がとれて
代わりに「りっしんべん」がついた字なんだ
「りっしんべん」って知ってる？　お嬢ちゃん
あれは　もともと「心」って字なんだ
魔女に売られた　草の「心」が　こっそり脱走して
逃げ延びるために　神様にお願いして
ドロンと変身させて貰った　その世を忍ぶ仮の姿だ
お願い！　助けて！　草の「心」は　そう叫んで
貧しい　でも性根の真直ぐな「茎」の懐に飛び込んだ
ところが　その途端　頭から「草かんむり」が取れて
「茎」は「怪」つまり「怪物」になってしまった
「こいつ　茎の癖に心を持ってるぞ！」と苛められて
もう「草」の仲間ではいられなくなってしまったんだ
つまり　咲いたのは「花」じゃなく「怪物」
あれれれれ？　おかしな話だね

キングギドラ　　　勝嶋啓太

3人の頭脳を結集して映画を作るんだから
キングギドラってのはどうだ　と監督のS君が言った
まだ撮影を勉強していた大学生の時
高円寺近辺在住の映画仲間3人が集まって
自主映画作りのグループを結成したことがある
3人とも怪獣好きだったから　全員一致で
グループ名は　キングギドラ　となった
絵が得意な録音担当のF君がその場で即興で描いた
キングギドラをあしらったロゴマークがカッコよくて
すごく盛り上がった
知ってるか？
キングギドラは1週間で金星を滅ぼしたんだぞ　と僕
えっ　3日だろ　とF君が反論する
俺　確か24時間って聞いたぞ　とS君は言い張る
そんな本当にどーでもいいことで熱く激論を闘わせた
俺たちは今のツマラン日本映画界を滅ぼすぐらいの
すごい映画を作ってやるんだ
酔っ払って　そんな実現性のない夢を語り合った
3人でアイデアを出し合い脚本を書くことになったが
3人とも才能がなかったので　結局　頓挫し
たった1本の映画も作らぬまま
自然消滅的に解散
高円寺のキングギドラは
金星はおろか　隣り町の中野すら破壊出来ないで
幻となって　はるか彼方へと飛び去っていった

キングギドラ　　　原 詩夏至

キングギドラがとうとう結婚した
お相手は　もちろんクイーンギドラ
全身が見事なプラチナのウロコに覆われていて
首は２本　でも尻尾は３本
亭主が命令に従わない場合は
まず　２本で相手の２本を抑え込み　残りの１本で
その股間を　それはもう　キョーレツに蹴り上げる
「エレレレレ！（訳すと「いててて！」）」
これでもう　大事なあそこを潰されてしまった
キングギドラは　手もなく降伏する
　（と言っても　奴には元々「手」なんかないんだが）
しかし　それでも刃向かうようなら　次は首だ
「えっ　でも首は　旦那の方が１本多いんでしょ？」
ふふふ　甘いな　そこが「地獄の落とし穴」なんだよ
実は　クイーンギドラの首の側面には
ギザギザがいっぱいついていて　それで
ノコギリ鋏みたいに　真ん中の首根っこを挟まれたら
これは　もう　１秒でも早く「ギブアップ」しないと
マジ　長くて立派な　男の誇りが
ウィンナーみたいに　ブシャッとちょんぎられる
或る日　ゴジラがミニラと散歩してると　遂に空から
目に涙を泛べた　キングギドラの生首が落ちて来た
「ほらご覧　坊やも　ママの言うことをきかないと
　こうしてしまいますよ！」……って　ええーっ！
ほ、本当は女だったのかよ　ゴジラよ　あんたまで！

ほほえみアンギラス　　　勝嶋啓太

アンギラスは
本当はアンキロサウルスなんだよね
ちょっとのんびり　お人好し（恐竜だけど）
気が弱くて
ティラノサウルスに睨まれたりすると
愛想笑いを浮かべながら
隅っこの方で　丸まって　小っちゃくなってた
でも　そんなあいつにも　好きな女の子が出来た
彼女にいいとこ見せたくて
ある日突然　トゲトゲとか付けてみて
アンギラスになって
俺は暴龍だって　イキがって
ゴジラとケンカしてみたりしたけれど
当然　負けて
ゴジラの子分になっちゃった
いい奴なんだけど　情けないんだよなあ
結局　彼女にもフラれちゃったみたいで
最近　ちょっとしょんぼり　元気がない
なあ　元気出せよ
もう無理しないで　トゲトゲ外して
アンキロサウルスに戻ってもいいんじゃないの
と言うと　あいつは
うん　でも　俺
もう少し　アンギラスでやってみるよ
と言って　人懐っこい笑顔を見せた（怪獣だけどね）

ほほえみアンギラス　　　原 詩夏至

え？　あれ？　どうして？　俺は確か
こいつに　喉首搔っ切られて　殺されて　踏まれて
最後は　放射能で　跡形もなく焼かれた筈なのでは？
それなのに　今　どうして　こんなやつと
おめおめ　タッグなんか　組んでるんだ？
あっ！　こっちを見た！　えへへへ！
（取りあえず笑って誤魔化しとけ…状況見えないし）
しかし　分からんなあ　じゃあ　あの時
大阪城を枕に討死した俺は　実は俺ではなかった？
あれは「悪い夢」で　本当の俺は　昔からこうして
この　頭のイカレた「俺さま野郎」の腰ぎんちゃく
…じゃなかった　「頼れる同盟軍」だったのか？
あっ！　またこっちを見た！　えっ、えへへへへ！
（そう　笑っとけばまず間違いはねえ　何たって
　俺は「平和を愛する友好的怪獣」なんだから！）
それにしても　そうかなあ　本当に本当かなあ
あの死闘が　あの無惨な敗けっぷりが　あの炎が
ぜーんぶ　ただの　昼寝の「夢」だったなんて
いや　そんな筈はない！　ぜったい　間違いなく
俺は　こいつに殺されてるんだ！　だが　とすれば
今こうして　犬みたいに　鎖に繋がれて
四つん這いになって（いや　これは元々だが）
こいつの行くところ　どこでも　忠実に　ワンワン
お供を仕るこの俺・ワンギラス…じゃなかった
「ほほえみアンギラス」は　一体　誰なんだ？

サラマンダー　勝嶋啓太

サラマンダー　火蜥蜴
サラマンダー　身も心も燃えている
サラマンダー　言葉は炎となる
サラマンダー　思いは火柱となる
サラマンダー　すべてを焼き尽くす
だから
誰も　近づかない
誰も　近づけない
言葉は　誰にも　届かない
思いは　誰にも　伝わらない
サラマンダー　いつも　ひとりぼっち
サラマンダー　空を見上げる
サラマンダー　太陽を見る
サラマンダー　太陽になりたいと思う
サラマンダー　空に昇る
でも
火蜥蜴は　結局　火蜥蜴
どんなに　身も心も燃えていても
太陽には　なれない
サラマンダー　目から　火の涙を一粒　こぼす
それは　まるで
線香花火の最後みたいに　ポトリと　落ちた
だけどな　サラマンダー
それでも　いつまでも　燃え続けろ
ただの蜥蜴になんて　絶対　なるな

サラマンダー　原 詩夏至

俺の昔の知り合い・Ｔさんは
当時　もうオッサンだったけれども
元は　ずいぶん有名なミュージシャンで
何でも　日本におけるブラック・ミュージックの
先駆け…みたいな存在だったらしい
そのＴさんが　或る日　しみじみ言うには
でもさ　原さん　そんな俺でも　付き合いの長い
黒人の音楽仲間に　ふと　言われるのよ
なあＴ　君らが　俺らの音楽を愛して　日本に
紹介してくれるのは嬉しいし　感謝もしてるんだが
やっぱ　何かが違うんだよね　それ　俺らとは…って
それは　もちろん　そうだと思うし
そうでなければ嘘だ　とも思うし
でもさ　やっぱり　そう言われると　ああそうか
そうなんだなって思うよ…と　一息に
サラマンダー　火蜥蜴　炎を吐く
毎日が　あまりに　あんまりで　それこそ
炎でも吐かなきゃ　やってられないから
「クーッ！　カッキーッ！」と　それを見ていた
青い　小さな　日本の蜥蜴が　炎を吐く真似をする
もちろん　炎は出ない　でも　出なくていいんだ
だって　消防署に　怒られちゃうからね♡
「だったら　ハイクはどう？　クール・ジャパン！」
俺は勧めた　でも　Ｔさん　ビミョーな顔をして
「うーん…いや　やっぱり　ノー・サンキュー！」

ウルトラウェイトレス　　　勝嶋啓太

友人が　今さっき　中野のデニーズで
ウルトラウェイトレスを見た　と言うので
すっごく可愛いウェイトレスの女の子でもいたのか
と思ったら
ウルトラマンの顔したウェイトレスがいた
ということで……
なんだよ　ウルトラマンの顔したウェイトレスって
だから　顔が銀色で卵みたいにツルッとしてて
目が楕円形で光ってる……
そんな奴　いるかよ！
注文受けたら　シュワッとか言うのかよ！
いや　絶対いた　と友人が言い張るので
２人で　中野のデニーズに行ったのだが
どう見ても　地球人の店員しかいないじゃん！
きっと今日はもう星に帰ったんだ
ウルトラマンは地球上には３分しかいられないから
とか言い始めるので　心の底からあきれていると
ちょうど　その時
ウェイトレスの女の子が注文を取りに来たのだが
その顔があまりにダダそっくりだったので
もしかして　ウルトラマンもいますか　って聞いたら
はあ？　って言われた
何でもないです　すみません　って言ったら
初代じゃないですけどいいですか　って言って
ウルトラマンダイナを紹介してくれました

ウルトラウェイトレス　　　原 詩夏至

アキバに「ウルトラ喫茶」が出来た　と聞いたので
さっそく覗いてみた
席に着くとすぐ　鼻づまりみたいな声の女の子が
「ジュワッ！」とやって来て「ご注文は？」と訊く
夜店の　お面屋さんの屋台に　よくある
ペコペコした　安い　ウルトラマンのお面をつけ
赤いビキニに　胸にはペンダント
全身を銀のスプレーで塗り立てた姿は
噂に聞く　遠い昔の　場末の　ストリップ劇場の
「金粉ショー」ならぬ「銀粉ショー」みたいだ
あーあ　何だい　そういうことかよ　要するに
平成「メイド喫茶」の「オタク」味と
昭和「ノーパン喫茶」の「風俗」味が一つに合体した
病んだ　狂った時代の「ハイブリッド」
俺は又　てっきり　地球の平和のために戦う
真の　名もなき「ウルトラ戦士」たちのための
栄光ある「正義の喫茶店」かと思ったのに
「ちぇっ、しょうがねえなあ……じゃ、ブレンド」と
注文を告げると　銀色にぬめり輝くバストが近づいて
「ふふ…実はここ　正義の裏メニューがありまして」
聞けば　正義の「特別料金」を払うと
奥の　正義の「ＶＩＰルーム」で
若い　正義の「ウルトラのおねえさん」に
キツイ　正義の「ビンタ」や「海老固め」で
それはもう　たっぷり「退治」して貰えるそうなんだ

風神雷神　　　勝嶋啓太

風神さん
足が速い
いつでも　ピューッ　と駆け抜けていく
向こうからやって来るのが見えたので
こんにちは〜　と挨拶しようと思ったら
言い終わる前に
２０００メートルも進んでしまっていて
もう見えなくなっている

雷神さん
いつでも寝ている
イビキがうるさい
５００メートル離れていても　聞こえる
雷神さんがイビキをかきはじめると
奥さんの稲妻さんは　何故か　おめかしして
ピカピカ光りながら
出かけて行く

風神さんは　１丁目の　轟ハイツ　に住んでいる
雷神さんは　６丁目の　テラスサザンウィンド
住んでる所がアベコベじゃないかと思うんだけど
そんなこたぁ　どーでもいいだろ〜　という感じで
今日も
風神さん　ピューッ　と駆け抜けていく
雷神さん　イビキがうるさい

風神雷神　　原 詩夏至

恐怖の絶叫マシン「風神雷神」がとうとう復活した
やつらの歴史は長い
まず最初は　今は「三井グリーンランド」にあるらしい
立ち乗り式・座り乗り式２台が空中で絡み合う初号機
まるで　「生命」の神秘を解き明かす
現代科学の勝利の象徴「ＤＮＡの二重螺旋」みたいに
それから　大阪の「エキスポランド」の強化型２号機
あれは怖い　目も眩むような天の高みへ
立って　拘束具に固定されたまま
まるで磔のイエス・キリストみたいに
生きながらにして　じりじり　じりじり
強制的に昇りつめさせられ
そこから　一気に　ドシャーッと奈落へ叩き落とす
かと思うと　すんでの所でまた引きずり上げ
あとはただもう　１寸伸ばし５分刻みの半殺し
それをまた　キャーキャー大騒ぎのお客たち
その後　２号機は悲惨な死亡事故を起こし撤去された
「バブル」は弾けた　「エキスポランド」も潰れた
いわば　調子に乗って「生命」を弄んだ挙句に招いた
あれは「フランケンシュタインの復讐」だったんだ
そして　先の失敗に深く学んだ　今度の３号機
まず搭乗資格が厳しい　乗れるのは死人だけ
これなら死亡事故は起きない　当然責任も問われない
今日も　空中を　柱に縛りつけられた腐乱死体が
びゅんびゅん　飛び回っている　まるで天使みたいに

うずまき大王　勝嶋啓太

それは　うずまき大王が仕掛けた巧妙な罠だったのだ
僕は　いつのまにか　高い塔の４３階にいて
といっても　その塔は　らせん階段が　ずーっと
果てしなく続いているだけなのだが
つまり　僕の足下は　ずーっと　うずまきで
さらに　僕の頭上も　ずーっと　うずまきで
じゃあ　なんで４３階かというと
壁面に手書きで「４３」って書いた紙が
貼ってあるから　そうなのかなってだけなんだけど
僕は高所恐怖症で　こんな不安定で高い所は嫌なので
おっかなびっくり　らせん階段を
下へ下へと降りていったのだが　階段の途中で
ムチャクチャたくさんの人が　呆然と立って
上を見たり　下を見たりしていて
それでも　押しのけて　ひたすら降りていくと
北京原人とかマンモスとか恐竜とか三葉虫とかもいて
みんな　上を見たり　下を見たりしていて
とても１階まではたどり着けそうもなかったので
これでは　にっちもさっちも行かないと　あきらめて
今度は　上へ上へ　と昇っていってみたんだけど
上の方には　もう誰もいなくて
でも　うずまきは　相変わらず　ずーっと続いてて
何気なく　窓の外を見ると
うずまき大王が　落下していくのが見えた

うずまき大王　原 詩夏至

皆さん！　皆さんもご承知の通り
桜の木の下には死体が埋まっております
しかし　遺憾ながら
うずまきの底に「うずまき大王」が埋まっている事は
まだそれほど知られてはおりません
「うずまき大王」——彼は　そもそも誰か？
それは　誰あろう　かのノストラダムスが大予言した
「恐怖の大王」の別名——或いは「成れの果て」です
1999年7の月　彼は　確かに降臨しました
さよう！　予言は実現したのです
ただ　そのスピードが余りに速すぎて
それはもう「降臨」というより
ただの「墜落」と言った方がいいくらいで
しかも　着地の時パラシュートが開かず
そのまま　錐もみしながら　地上へ大激突
勢い余って　更に　地下深く
ぎゅるぎゅるめり込んでしまったので
結局　誰の目にもとまらぬまま
予言と一緒に忘れ去られてしまったんですね
「うずまき大王」は　頑張り屋さんです
今でも　地球を恐怖のどん底に突き落とすため
必死になって　ぐるぐる渦巻きの穴の底から
這い上がろうと奮闘しています　でも　地球より先に
自分が　自分で　自分を　どん底に突き落とすなんて
ちょっとぶきっちょですよね　うずまき大王さん！

脚　　　　　勝嶋啓太

夏が近づいてくると　いつも思うのだが
最近の若い女の子は
脚を露出しすぎではないのか？
なに今時　古臭い道徳観　振り回してんの？
と　冷たい目で見られそうだが
そうじゃないんだ！
実は　俺　脚ふぇち　なんだよ！
それも　ちょっと　S入ってんの　変態的なの
みにすかあと　や　しょーとぱんつ　から
スラリと伸びた女の脚　を見ると　もう
むらむらっとして　何か知らんが殺意まで湧いてきて
なんも　手に付きゃしないんだよ！　実際のところ
変態のこと何もわかってない友人は
夏は　いっぱい見れて　うれしいでしょ　とか言うが
とんでもない！
お前ら　見せてるけど
触らせてくれたり　舐めさせてくれたり
縛らせてくれたり　するわけじゃないんでしょ
オアズケなんでしょ　結局！　ふざけやがって！
などと思いながら　街を歩く
夏は　街を歩いているだけで　悶々とする
ヘンタイにも　一応　社会生活があるんだよ
だから　お願いです　もし　あなたがたに
他人への配慮というものがあるのなら
スカートは　ひざ丈で　お願いします

脚　　　　　原 詩夏至

いいか　普通の幽霊その他の　エキストラ系は０脚
一つ目小僧や唐傘オバケみたいな　お笑い系は１脚
鬼とか河童とか天狗とか　そういう時代劇系は２脚
ウルトラセブンのチブル星人他　子供番組系は３脚
ゴジラものでも　アンギラスみたいな脇役系は４脚
……てな具合に　脚の数と性格や適職との関係を
怪獣さんやエイリアンさんや妖怪さんたち相手に
調べて　分析して　「脚アナリスト」として成功して
ゆくゆくは　大豪邸のベッドの　右に雪女　左に蛇女
頭は口裂け女の膝枕で　時折り　庭のプールの人魚に
投げキッスでも送る　天国　或いは　地獄みたいな
優雅な毎日を送ろうか…と　日々　精進していた
困った先輩が　昔　大学のサークルにいて　或る時
おい原　お前　脚が５つのオバケとか知ってる？　と
真顔で訊ねるから　こっちも真顔で　脚を組み直して
えーと　そうですね　有名どころは　知りませんけど
そういえば　うち　田舎が和歌山で　あの辺りは
アシダカグモっていう　物凄くでっかいクモがいて
そいつが　家の中でも何でも　平気で　シャカシャカ
出没するんです　もう怖いったら　しかも一度なんか
なんせクモだし　ホントは８脚でなきゃならないのに
何故か５脚で　平気で　こっちに　シャカシャカ
走って来る奴がいて　思わず「ギャー」でしたよって
答えたら　ふうん…って　すぐ　話題を変えられた
何でだろう　やっぱ「価値観の相違」って奴かしら？

のほほん　　勝嶋啓太

結構　人から
カツシマくんて　のほほん　としているねえ
と言われる
そういう場合は大抵
いかにも　あきれたように　言われることが多い
そんなに俺って呑気に見えるのかなあ
俺的には結構いろいろ考えてんだけどなあ
と思いながら
天気がいいので　ひなたぼっこしながら
大福を喰っていると
いつの間にか　横に　でっかくて　真っ黒い
かいじゅう　みたいな奴がいる
全体的に　輪郭とか　ぼんやり　している
なんだ　こいつ　と思いながら
大福を喰っていると
たまたまそこを通りかかった母が
あら　のほほん　がいるわねえ
と言った
そうか　こいつ　のほほん　って言うのか
確かに　こいつはいかにも　呑気そうだ
のほほん　とは言い得て妙だな
と思って　よくよく見たら
窓ガラスに　自分　が映っていただけだった

やっぱり　俺　のほほん　としているのかなあ

のほほん　　原 詩夏至

おい！　こら！　てめえ！　この野郎！
何でえ　いっつもいっつも　のほほんとしやがって！
俺は　そう叫んで　いきなり１発　パンチを喰らわす
相手は　あの伝説の「パンチキック」
ガキの頃　彗星の如くおもちゃ売り場に登場して
瞬く間に一世を風靡し　忽ち消えていった
底辺部分に重しのある　でっかい　こけし型の
ビニール風船だ　表面には…ああ　何てこった！
こっちに向かって「ファイティング・ポーズ」を取る
でっかい　仮面ライダーの絵まで描いていやがる
ちっ、畜生！　何で　てめえが　仮面ライダーで
俺が　ショッカーなんだよ！　馬っ鹿もん！
このバッタもん！　このバッタもんのバッタ野郎！
だが　俺の放った　涙と怒りの　必殺パンチは
ばすうん！…という　間抜けな空気音とともに
やつのボディにめり込み　吸収され　跳ね返され
やつは　まるで「マトリックス」のネオみたいに
畳すれすれまで　身体を撓わせたかと思うと
何事もなく　ほわーん…と　起き直って　のほほんと
また　バッタづらの「ファイティング・ポーズ」だ
ぬぬう！…ブチ切れた俺は　後はただもう　ひたすら
殴る蹴る踏むの暴虐オンパレード　だが　どの攻撃も
所詮は同じで　遂に　こっちが　ダウンしてしまった
…エイト、ナイン、テン！　カンカンカン！…くっ！
こいつ　絶対　本物の仮面ライダーより　強いよな…

空を見ると…　　勝嶋啓太

空を見ると　毎日いろいろなものが飛んでいる
鳥とか　飛行機とか　風船とか　ロケットとか　人工衛星とか　ミサイルとか　ＵＦＯとか　ハレー彗星とか　スーパーマンとか　ウルトラマンとか　プテラノドンとか　ガメラとか　モスラとか　鉄腕アトムとかジャイアントロボとか
……今日はジャイアントロボ飛んでないけど……
そんなわけで　空を見ると
今日もいろいろなものが飛んでいたわけなのだが
ちょうど正午に
１２０歳ぐらい（推定）の素っ裸のじいさんが
腰に手を当て　胸を張り
はーっ　はっはっは……　と高らかに笑いながら
チンコをプロペラみたいにブンブン振り回しつつ
西の空へ飛んでいくのを見た
驚いて　友人にそのことを話すと
それはきっとサンタクロースだ　と言う
サンタクロースって……クリスマスでもないのに……
普段から結構飛んでるんだよ　と友人は教えてくれた
やっぱりクリスマスの時みたいに　赤い服着てないと
サンタってわかんないよね　と言うと
いや　あのじいさん　実は　クリスマスの時も
素っ裸で　子ども部屋に侵入するんだ　とのこと
良い子は　クリスマスの日は
絶対に　夜中にお目々を開けてはいけないよ

空を見ると…　　原 詩夏至

昔、「小僧の神様」という嫌な話を読んだ
貧乏な小僧が
気まぐれで寿司を奢った金持ち青年を
次第に神様だと思い込む話
モテない男が
気まぐれで1回してくれた綺麗な女の子を
次第に女神様だと思い込むように
その後、青年は自分が恥ずかしくなり
小僧の前から黙って姿を消す
そして、そのことが小僧の心に却って本当の信仰心を生む
一方、女の子は勘違いした男に付き纏われ結局殺される
そして獄中の男の夢の中で却って本当の女神様に昇格する
大昔、集団リンチでぶっ殺された髭もじゃの大工の兄（あん）ちゃんが
犯行後、我に返った狂気の群衆に
無理くり「アラヒトガミ」にされちまったみたいに
エリ、エリ、レマ、サバクタニ！
死ぬ前、兄ちゃんは夢中で絶叫した
だが、空を見ると
そこに浮かんでいたのは
神でも、お迎えの天使でもなく
ただ、手を血塗れにしてレバーを捌いている
幼なじみの肉屋のエリちゃんの
胸の谷間と
おきゃんな投げキスと
真っ赤な「アカンベエ」だったとさ

III

ハードボイルド　　勝嶋啓太

昨晩は
レイモンド・チャンドラーの『長いお別れ』を読んだ
読みながら　ハンフリー・ボガートのことを思い出す
といっても　『長いお別れ』が映画化された時
フィリップ・マーロウ役は
エリオット・グールドだったんだけどね
ボギーがマーロウを演ったのは
『三つ数えろ』だったっけ
あれは　ハナシがよくわかんなかったなあ……
そもそも原題が『The Big Sleep（大いなる眠り）』で
なんで邦題が『三つ数えろ』？　どうでもいいか……
いつの間にか眠っちゃったらしく　気がついたら
朝だった
おふくろが　朝飯を作っている
納豆ごはん　味噌汁　メザシ　ニコニコのり
どうでもいいけど　全然ハードボイルドじゃないな
あっ　ゆで卵だ　固ゆでだ
これってハードボイルドじゃん
ゆで卵を　ポクポク食べる
ちょっと口の中が　モフモフする
チャンドラーのどこが固ゆで卵だったんだろう？
と考えたけど　結局　よくわからない
ボギーがゆで卵を食べてるのを想像する
ボギーも　口の中モフモフしたのかな？
そう考えたら　ちょっと可笑しかった

ハードボイルド　　原 詩夏至

ハードボイルド小説の始祖ダシール・ハメットが
最後に書いた長編のタイトルは
『The Thin Man』──薄い男　薄っぺらな奴
飲んだくれの無頼派作家チャールズ・ブコウスキーが
最後に書いた長編のタイトルは
『Pulp』──低俗小説　安っぽい読み物
ああ　どうしていつも最後はそうなる
アメリカって国は　文士って種族は
……なんてことを　止まり木でぼそぼそ呟いていると
突然　背後から　パッチン　パッチン
聞き覚えのある　指パッチンの鈍い音がして
渋いだみ声が　耳元で曰く
あー　俺が昔　探偵だったころ
姉貴はパンティーだった
弟はダンディーだったけど
その嫁さんは安定志向だった
分かるかな？　分っかんねえだろうなあ！
あっ！　その声はもしや！
思わず振り向くと　そこには　やっぱり
アフロがすっかり白髪になったあの松鶴家千とせが
綿毛のタンポポみたいに　小首を傾げている
今では鼻の下に真っ赤なイボがあり
そのイボが　規則的にチッカチッカと点滅している
そうか　あんた　本当はウルトラマンだったんだな
行きなよ　カラータイマー　もうすぐ切れちゃうよ

にせもの　　　勝嶋啓太

知らない同人誌が送られて来た
「にせもの」という題の　書いた覚えのない詩が
自分の詩として載っていて　驚く
そう言えば　この前出した詩集の中にも
自分が書いた覚えのない詩が　半分ぐらいあった
今さら書いてないって言えないので
そのまま載せちゃったけど……
それで思い出したけど　以前
撮った記憶のない映画が　自分の映画として
上映されていたことがあった
知らない内に　舞台の台本を書いたことにされて
どっかの劇団で上演されていたこともあった
どうやら　自分のにせものが
あちらこちらに　出没しているらしい
けしからん　見つけてとっちめてやる
と思いながら　自分のにせものが書いた詩を読む
〈知らない同人誌が送られて来た
「にせもの」という題の　書いた覚えのない詩が
自分の詩として載っていて　驚く〉
という書き出しではじまって
詩や　映画や　舞台の台本を
にせものが勝手に発表している　と書いてある……
あれ？　これは俺が今書いている　この詩に
そっくりじゃないか？……ってことは……
なーんだ　にせものは　俺　だったんだよ

にせもの　　　原 詩夏至

私にとっての私は　私で　私にとっての君は　君だ
君にとっての私は　君で　君にとっての君は　私だ
ところで　君は　私のにせものだ
そのうえ　私は　君のにせものだ
とすれば　私にとっての私は
君のにせものにとっての　君のにせものだ
ところで　私にとっての私は　私だから
君のにせものにとっての　君のにせものは　私だ
いっぽう　私にとっての君は
君のにせものにとっての　私のにせものだ
ところで　私にとっての君は　君だから
君のにせものにとっての　私のにせものは　君だ
ところが　君にとっての私は
私のにせものにとっての　君のにせものだ
ところで　君にとっての私は　君だから
私のにせものにとっての　君のにせものは　君だ
しかるに　君にとっての君は
私のにせものにとっての　私のにせものだ
ところで　君にとっての君は　私だから
私のにせものにとっての　私のにせものは　私だ
それゆえ　君のにせものにとっての　君のにせものは
私のにせものにとっての　私のにせもので　私であり
かつまた　君のにせものにとっての　私のにせものは
私のにせものにとっての　君のにせもので　君なのだ

ガスボンベ　　　勝嶋啓太

ん？くさい。何のにおいだ？ガスか？ガス漏れか？どこかで漏れているのか？台所じゃないな、風呂場も違う、トイレでもない。ガス漏れじゃないのか？いや、やっぱりくさい。すっごく近くでにおうぞ。もしかしてこの部屋か？この部屋がガス臭いのか？この部屋にはガスを使っているようなものはないんだけどな。あれ？もしかして俺か？俺がガス臭いのか？そうだ確かに俺だ。俺がガス臭い。ってことは俺がガス漏れしてるのか？俺がガス漏れっていうことは、あっ、そうか屁か！なんだ屁をこいたということか。しかし屁がこんなに長い間におうものだろうか？部屋がくさいと思ってから今までずっとくさい。もしかして屁が漏れ続けているのか？それはそれでやばいんじゃないのか？しかもこのにおいは明らかに屁ではない。やっぱりガスだ。ガスのにおいだ。ちょっと有毒っぽい感じだ。どうする？このままでは俺ガス爆発するかもしれん。どうやったらガス漏れを止められるんだろう？そうだ、とりあえず尻の穴を指でふさいでおこう。でもまだガス臭い。確実にまだ漏れている。しかたない、体中の穴という穴にティッシュペーパーを詰めてふさいでおこう。モゴモゴフガフガ…これでよし…しまった！鼻の穴までふさいでしまったからこれでは今ガス臭いのかどうかわからない…
誰か教えてくれ
俺は今ガス臭いのか？　ガス臭くないのか？

ガスボンベ　　原 詩夏至

ドッカーン！
バスガス爆発
その瞬間
吹っ飛ぶバス・運転手・乗客
或いは
吹っ飛ぶバスの破片・運転手の破片・乗客の破片
皆それぞれ
バスである事・運転手である事・乗客である事に
別れを告げ
爆風に乗って
自由に　笑いながら
まるで宇宙の始まりのビッグバンみたいに

ドッカーン！
ガスバス爆発
その瞬間
吹っ飛ぶガス・ガスボンベ・縺れた舌
或いは
吹っ飛ぶガスの破片・ガスボンベの破片・縺れた舌の破片
皆それぞれ
ガスである事・ガスボンベである事・縺れた舌である事に
別れを告げ
バスに乗って
自由に　笑いながら
まるで宇宙の終わりの卒業旅行みたいに

正々堂々　　勝嶋啓太

正々堂々　真っ向勝負だ
と言っておいて
前の日の夜に　一生懸命　落とし穴を掘っている
で　そこまでしたのに　結局
負けている

正々堂々　真っ向勝負だ
と言っておいて
いきなり　後ろから不意打ちしてみる
でも　かわされて　結局
負けている

正々堂々　真っ向勝負だ
と言っておいて
闘う前に　一目散に　走って逃げる
今回は　不戦敗
卑怯者！　もっと正々堂々とやれ
と背後から罵声を浴びせられる

卑怯な手を使って　結局
負けて　恥をかく
そんなことなら　正々堂々　やればよかった
といつも後悔するが
そもそも
正々堂々　のやり方を　知らない

正々堂々　　原 詩夏至

正々堂々と　刃向うやつは
正々堂々と　ぶち殺す
風刺皮肉で　おちょくるやつも
正々堂々と　ぶち殺す
理路整然と　論じるやつは
正々堂々と　ぶち殺す
片言隻語を　つぶやくやつも
正々堂々と　ぶち殺す
直球勝負で　諫めるやつは
正々堂々と　ぶち殺す
婉曲優美に　なだめるやつも
正々堂々と　ぶち殺す
民主議会で　しゃべくるやつは
正々堂々と　ぶち殺す
武装蹶起で　暴れるやつも
正々堂々と　ぶち殺す
隠忍自重で　うつむくやつは
正々堂々と　ぶち殺す
嘘の仮面で　へつらうやつも
正々堂々と　ぶち殺す
こんな人生　要らないやつは
正々堂々と　ぶち殺す
何が何でも　生きたいやつも
正々堂々と　ぶち殺す
何が何でも　ぶち殺す

ごま油　　　勝嶋啓太

先輩のハラさんがご馳走してくれるというので
家に行ったのだが
ハラさんは　ごま油を買い忘れてたとかで
買い物に行ってしまった
すぐ戻ってくるって言ったのに
もう３時間も経っている
ハラさん秘蔵のエロ本も
あらかた読み終わってしまったし
エロビデオもこれで３本目だぜ　いい加減　飽きた
ごま油ひとつを　一体どこまで買いに行ってるのか
これ　あれだな　多分　さしずめ　陰謀だな
あの人にかかると　全部　ＣＩＡの陰謀だからな
多分　この町のごま油は
全部ＣＩＡに買い占められたのだろう
いや　もしかしたら
日本中のごま油が買い占められているかもしれない
ハラさんに海外までごま油を買いに行かせて
国外追放するための陰謀ではないか
いや　もしかすると　実は
俺にハラさんを永久に待たせることで
俺をこの部屋にやんわりと監禁する計画かもしれない
恐るべし　国家権力！いろんな手を使いやがる
な〜んて言ってたら　ハラさんホントに行方不明で
風のウワサでは
ハルピンあたりを彷徨っているらしい

ごま油　　　原 詩夏至

あっ、しまった！　ごま油買い忘れた！　いっけねー
俺は一旦降りたママチャリにまた乗り
いま出たばかりのスーパーに引き返す
ちぇっ！　めんどくせえ　あそこ　最近　行政の指導だかで
駐輪所　ぜーんぶ　平場式から
時間過ぎたら料金のかかる　マシーン式のに変えちまってさ
あれはひでえ　溝にタイヤはなかなかハマらないし
出すとき隣とハンドルはぶつかるし
その上　時間が過ぎてなくても　一々「清算」ボタン押して
「はい　あなたは時間内です」と認証して貰わなくちゃならん
陰謀だ！　あんなもん　もちろん権力の罠だよ！　調教だよ！
あっ、そうだ！　でもせっかくだから　ごま油買うついでに
この際　あれも買っとこうか　ほら　あれだよあれ
えーっと……あれ、何だっけ、あれ？
俺は漕ぎ出したばかりのママチャリをまた止め
小首を傾げて暫し瞑想する　あたかもプラトンのように
ブッブー！　チリンチリン！
ああ　この道幅わずか２、３歩の　天下の東中野銀座商店街
年は明け　まだ世界は滅びず
俺は　ご近所の皆さんの往来を大いに妨げつつ
なおしつこく　あれとは何かについての遠い記憶を追う
ブッブー！　チリンチリン！　おいこらバカヤロー！
ああ何という喧噪
年は明け　まだ世界は滅びず……あっ、しまった！
もう少しでまた買い忘れるところだった　ごま油！

五臓六腑　　　勝嶋啓太

きのうの夜は　よっぽど悪い夢を見たらしく
夜中に　ものすごい叫び声を上げたらしい
その時　お腹の中のものも一緒に飛び出したらしく
朝　目が醒めたら　部屋中に　胃とか腸とか心臓とか
いわゆる五臓六腑ってやつが散乱してて
さぁて困った　今日はバイトに行く日なのに
そこでとりあえず　急いでお腹の中に全部戻そうと
散らかった五臓六腑を掻き集めてみたものの
自分の中身を見るのは初めてなもので
さて　どれがどれやら
この長〜いのは…これ多分　大腸だな　このぐた〜
っとしたのは…これはおそらく胃だろう　これは心臓
かな…ぶっちゃけハートの形してないじゃん　あれ？
これなに？腎臓？肝臓？もしかしたら肺かな？…どっ
かにぶつかったのかな？ちょっと壊れちゃってる
……そもそも　どの順に戻したらいいんだろう？
順番間違えたら
ウンコが口から出てきちゃったりするのかな？
時間もないので　結局　テキトーに腹の中に押し込む
仕事から帰ってきたら　部屋の隅に１個落ちてて……
明らかに　コレ　脳ミソなんだけど……
あれ？
じゃあ　きのうの夜　飛び出したんじゃないのかな？
いつ出ちゃったんだろう？
わからないんで　とりあえず　飲み込んでおいた

五臓六腑　　　原 詩夏至

一枚、二枚、三枚、四枚……七枚、八枚、九枚
ああ、足りない
傍らで、お化けのお菊さんが絶望する
一臓、二臓、三臓、四臓……五臓、六臓
あれ、多すぎる
俺は俺で、床に並べた自分の臓腑の前で、混乱する
いいか、五臓は、肝、心、脾、肺、腎で
六腑は、胆、小腸、胃、大腸、膀胱、三焦
えっ、三焦？　ええっと、三焦、三焦……どこだっけ？
俺は全ての臓腑に貼られたシールをまた一から点検する
あっ、あった！
そう叫んだのは俺じゃなくお菊さん
ほら、七枚、八枚、九枚、十枚！　バンザーイ！
半透明になって白い光を放ってめでたく成仏しかかるお菊さん
だが、ちょっと待った！
ダメだよ、あんた、三がダブってるよ
ほら、一枚、二枚、三枚、三焦
あっ、あった！
これ、俺の三焦じゃん……ちぇっ、いつのまにこんなところに
えっ、そんなあ……
再びドロドロ太鼓を鳴らしてがっくりうなだれるお菊さん
あーあ、なかなか合わないねえ、辻褄……
そうだ！　ならいっそ、例のイザナギ・イザナミみたいに
俺の「余り」で、やっちゃう？　「穴」埋め？
死後も人生「七難八苦」のフランケンとお化けのコンビでさ？

タイ料理　　　　勝嶋啓太

３丁目の来々軒の　道を挟んだ向かい側に
タイ料理屋があるのに　今日　気づいた
タイか……正直　タイについてはよく知らないな
料理がムチャクチャ辛そうだとか
確かニューハーフのミスコン（？）やってたよなとか
ムエタイっていうキックボクシング　あれ　確か
タイだよな　見たことないけど　とか
とにかく　あやふやで　雑なイメージしかない
だいたい地理がからっきしダメなので
タイがどこらへんにあるのかも　よくわからんちんだ
何年前だか十何年前だかに　日本が米不足になった時
米を援助してくれたんだよね　親切なお国柄なのかな
それにしても　あの時のニホン人の失礼な対応は
サイテーだったな　などとつらつら思ってたら
急にタイ料理が食べたくなって
来々軒のオヤジと目があったけど　裏切って
今日はタイ料理屋に入る　入ってから気づいたのだが
よく見たら「タイ風料理」と書いてあった　あれ？
タイ風料理？タイ料理ではないのか？日本向けか？
タイ人風の愛想のいいおばさんが
注文を取りに来たので
トムヤムクンラーメンというのを注文する
トムヤムクン＋ラーメン　っていうのが　いかにも
「タイ」じゃなくて「タイ風」って感じだけど
でも　美味しかったから　それでいいと思う

タイ料理　　　　原 詩夏至

いま　一緒に小説を書いている仲間で
タイに　たいへん詳しい人がいる
スキンヘッドの　普段は物静かな　中々のイケメンで
今でも　結構若いのだが　もっと若い頃
インドや　東南アジア一帯を放浪して
その頃のことを　ぽつり　ぽつりと
小説に書いている　これがまた面白い
ロードムービーみたいなんだけど
とにかく　全然颯爽としていなくて
地元の　悪徳警官に　へいこらしながら
居候先の　風俗の女の子（雇い主はその悪徳警官）に
毎日「これでもか！」ってほど　罵られたり
性病検査に行った病院の　ナースに逆ナンパされたり
その病院で　性病が見つかって　速攻　逃げられたり
そんな異郷の　とある映画館で　日活ロマンポルノが
何故だか　上映されていて　しみじみ楽しんだり
そんな話を　えんえんと読みながら　何でだろう
いつでも　腹から　こみ上げてくるのは　もう
どうしようもない　未知へのノスタルジー　或いは
ああ　どうして　俺は　今日まで　こんなふうに
生きて来られなかったか…という　眩しさ　羨ましさ
とはいえ　タイに行きたしと思えど　今では
タイも　青春も　余りに遠し…という訳で　せめては
新しい　夏帽子でも被って　中野の　サンモールの
タイ料理店で　いっちょ　注文しようか　タイビール

捻挫エース　　　勝嶋啓太

夜中に　のどが渇いて　目が覚めて
台所で水を飲もうと思ったのだが　寝ぼけていて
思いっきり階段を踏み外し　転げ落ちる
すっごく痛いので　よく見ると
足が　変な方向に曲がっていて
うわ〜　足が折れた〜　と大騒ぎしていると
はっはっはっはっはー　と高らかな笑い声が響き
白馬にまたがり　マントをひるがえした
謎の覆面の紳士が現れ
何故か　足首に　湿布を貼ってくれた
……いや　捻挫というレベルではなくてですね
折れてると思うので　湿布じゃなくて　救急車を……
とこちらが言う間もなく　白馬の謎の紳士は
はっはっはっはっはー　と走り去っていき
その時　ぼくは　なぜか　あの紳士は
捻挫エース　かもしれない　と思ったのだが
その瞬間に　目が覚めて
実はそれは夢の中の出来事だったと分かり
足は折れるどころか捻挫すらしていなかったのだが
不思議なことに　足首に　湿布が貼られていた
ところで　自分で思っといて何なのだが
捻挫エースって誰だよ？　どっかで聞いた名前だな
と思ってよく考えたら　というか　よく考えなくても
風邪薬の　ベンザエース　のもじりだった
駄洒落かよ

捻挫エース　　原 詩夏至

夕方　首筋に「チクッ！」と痛みが入ったので
取りあえず　「イテッ！」と呻いて
何かないかと　洗面台下で　埃をかぶっていた
救急箱を　がさごそやったのだが
まあ　ろくなものはない　列挙すると
「捻挫エース」に「便座ブロック」
「性露丸」に「猪木の乳ホワイト」
「バンド冥土」に「ゲロリン」等々
何だか　却って　寿命が縮みそうだ
とはいえ　病院も　もうやってないだろうし
このまま　座して死を待つのも　あまりにあれなので
試しに　効能書きを　広げて読んでみた　例えば
「捻挫エース」は　昔　甲子園を目前にしながら
無念の捻挫で　出場できなかった　エース投手の
かなしみを丸めて　錠剤にしたもの　これを飲めば
自分も　たちまち　チャンスを目前に　身体を痛めて
そいつの思いが　腹の底から　痛感できるという
詩人や物書きには　とっても役に立つ　奇跡の特効薬
だが　有効期限が　とっくに切れている
ということは　その投手のかなしみは　もう
「時間が解決」して　迷わず成仏したのか　それとも
いつまでも　誰にも　飲んで受け止めて貰えないまま
いつかしら　もう薬とは呼べない　別の　怖い何かに
成分変化してしまったのだろうか　ネットで調べると
もう　とうの昔に製造中止の　幻の秘薬だそうだけど…

へそ地獄　　　　勝嶋啓太

ふと見ると　へそが真っ黒い
こりゃ　へそのゴマがエライたまってんじゃないかと
へそに小指を突っ込んで　ちょっとホジホジしてみる
なんかちょっと気持ちイイ
一心不乱にホジホジしていたら
いつの間にか　手首まで入ってしまっていて　驚く
慌てて　手を引っこ抜こうとするが
何かに引っ掛かっているのか　抜けない
これはヤバイ　早く抜かないと
と　ちょっと力一杯引っ張ってみると
抜けるどころか　反動で
ヒジぐらいまでへその中に入ってしまった
これは大変なことになってしまった
と　うろたえていると　丁度　母が通りかかったので
どうしよう　と相談する
あら大変　と母は
ぼくの手を引っ張るのを手伝おうとして　勢い余って
ぼくのへその中に飛び込んでしまった
うわー　これはますますエライことになった
と大騒ぎしていると
ただいま〜　と母が玄関から戻ってきた
あんたのへそを抜けると　4丁目商店街に出たわよ
ということで　それ以来
母は買い物に行く時　近道として
ぼくのへそを利用しています

へそ地獄　　　原 詩夏至

変な夢を見た　夢の中で　俺は映画を観ていた
タイトルは「修道女へそ地獄」
美しい清楚なシスターが
あくらつな修道院長に魔女の疑いをかけられ
むごたらしい　いやらしい拷問にかけられる
しかも　その執拗きわまりない
いたぶりのターゲットは　いつでもへそ
例えば　手足を縛られ　ひひひと笑いながら
清浄なる修道衣の　ちょうどへその部分だけを
ハサミで　まあるく切り抜かれたり
聖なる「赤い羽根共同募金」の赤い羽根で
しつこく　へそを　こちょこちょされたり
あたかも神の栄光の如き　太陽の光を
虫眼鏡で　へそに集めて　ゴマを燃やされたり
仰向けに寝かされ　へその穴に
あたかも神の愛のように　なみなみと
ブランデーを注がれて　火をつけられたり
最後は　裸のおなか一面に　絵具で
神の子イエス・キリストの顔を描かれ
修道院のシスター全員に　やんやと囃されつつ
泣きながら　受難の「へそ踊り」をやらされたり
思わず「あっ」と叫んで目覚めた　股間が濡れていた
皆さんも　息子をこんなヘンタイにしたくなかったら
「赤ちゃんは　どこから生まれるの？」と訊かれても
「お、おへそからよ」なんて適当に答えないようにね

来々軒で…　　　勝嶋啓太

昼メシを食おうと　いつものように
３丁目の来々軒に行くと
ハラさんがいて　ラーメン餃子定食を食べていたので
こんにちは〜　と挨拶をすると
ハラさんは　おなじみの人懐っこい笑顔を見せて
「釣る？　逃がす？　殺す？　湖上にでかでかと
　浮かぶ弟似の人面魚」と言った
何のことかと僕が呆気に取られていると
ハラさんは　一気にラーメンをすすり
「光あるところに死はあり灯取虫」と言って
僕をじっと見つめたので　とりあえず
曖昧な笑みを浮かべて　テキトーに相槌を打つと
「だけどな／違うんだよ、本当は／／あれは／あの意
味は／今でも分からない／相変わらず／豚も女も汁も
涙もチューブも眠たい目も／何もかも」
ハラさんはそう叫んで　泣きながら
僕の口の中に　悲しそうに　餃子を次々と押し込み
「僧形の俺を筏に乗せたまま
どこへ流れてゆく星の河」
と言いながら　第４銀河系目指して飛び立って行った

　＊引用はすべて原詩夏至さんの作品。
　＊１は短歌「人面魚」より。＊２は俳句「武装ヘリ」より。
　＊３は詩「ブタ・セクスアリス」より。
　＊４は短歌「星の河」より

来々軒で…　　　原 詩夏至

ちわーっす……って、あれ？　誰もいねえ
勝嶋さんも　それから店の人も
ええと……ここって
うん　そうだ　確かに来々軒で間違いねえよなあ
早すぎた？　いや　それとも遅すぎた？
困ったなあ　ひとまず帰ろうかなあ
いや待てよ　よく見ろ　あそこに何かある　何だろう
おおっと！　これはあの例の似顔絵！
おにぎり頭の　とろんと目の据わった
手も使わずずるずるラーメン食べてる勝嶋さん！
そ、そうか　なるほど　俺は今までてっきり
これは勝嶋さんの似顔絵　勝嶋さんのコピー
つまりは勝嶋さんのニセモノだと思い込んでいたけど
本当は　これこそ本当の　真の勝嶋さんで
その後ろに　別の　本当の本当の勝嶋さんなど
初めから隠れちゃいなかったってわけか
いやいやいや　これはどうも失礼　勝嶋さん
今日はあなたにお初にお目にかかれると
こうしてここまで参ったわけですが
参りましたな　そういうことなら　我々は　もう
ずーっと前から　とっくにツーカーだったわけですな
ま　でもいいや　折角ですから　とりあえず乾杯！
あっ　いやいや　いいです　店の人もいないし
ラーメンなら自分で作りますから……って
し、しまった！　勝嶋さんに汁こぼしちゃった！

神様　　　勝嶋啓太

この前見た地球なんちゃらというドキュメンタリーで
ケンブリッジ大学かなんかの
エライ物理学者だか数学者だかのセンセイが
地球の軌道がわずか数キロメートル（数十キロメートルだったかな）ズレるだけで環境がものすごく変わってしまうのは当たり前で結果的には他の惑星と衝突してしまったりして太陽系全体が滅んでしまうぐらいの状態になってしまう　っていう話をしていて
何億光年とかっていう壮大な宇宙が
そんな繊細で緻密なバランスで成り立っているのか
と思うと
やっぱり　人智を超えた偉大な力ってあるんだな
と納得してしまう
神様ってきっとそういう力のことなんだろうね
でも　よく考えたら　そんな微妙なバランスの世界を
何十億年もの長い間　維持していくってのは
神様って　結構　気苦労の多い　大変な仕事だよね
ちょっと廻し方間違えたらすぐドカーン！だもんね
この感じだと多分　実は日曜祝日も休んでないし
くたびれたからって有給休暇もないだろうしね
だからさ　そういう大変なお仕事をしている方にだな
金が貯まりますように　とか
恋人が出来ますように　とか
くっだらないお願い事はするなよ！
…しかも賽銭５円って……

神様 　　　原 詩夏至

フランスの精神分析家Ｊ・ラカンによれば
或る時　マルチン・ルター博士は
聴衆に　こう呼びかけたそうだ
「皆さん！　皆さんは　どなたも一人残らず
　サタンがケツの穴からひり出したウンコです！」
俺は　さーっと心が洗われた
そうか！　やっぱりウンコだったんだ！　人は皆！
それも　神様のではなく　サタンの！
道理で　やっと腑に落ちたよ　全てが
澄んだ涙が　とめどなく溢れた
まるで水洗トイレみたいに
「ちょっと、ルターさん、それはさすがに……」
後日　話を聞いた友・エラスムスは
手紙でルターをたしなめたそうだ
ところが　ルターは怒ってこう答えた
「何をおっしゃる！　友よ　よろしいか　神は
　天地創造前から　予め　我々人間を憎んでおられる
　つまり　神がこの世をお造りになられたのは　ただ
　この世で　心おきなく　我々を憎んで　憎んで
　憎んで　憎み抜かれるためなのですぞ！」
そうだ！　その通りだ！　俺は心に叫んだ
雲間から　真っ青な空が見えた気分だった
それ以来　俺は神様が前より好きになった
まるで　思い切り頬を張り飛ばしあった後の
メロスと　親友セリヌンティウスみたいに

IV

大邪神　　勝嶋啓太・原 詩夏至

西の方には浄土があるなんて言うけれど
東京行きの快速電車の窓から見える
今日の西の空は　まるで
動脈血をぶちまけたみたいに
鮮やかに　真っ赤　で
まるで　地獄　の有り様だ
いや　いや　いや
みたいに　じゃない
あれは　本当に
血まみれ　なんじゃないのか？
見れば見るほど
そんなふうにしか見えなかった
某月某日　午後５時１７分
誰だ
誰の血だ
あの赤は　　　　　　　　　　　　　　　　　（勝嶋）

一方　じゃあ東は…と振り向けば
そこはもう真っ暗闇
その昔　エデンの東には
ジェームス・ディーンが住んでいたけど
京都の東の　この東京には
いま　世界中のエデンから追われた
無数の　不揃いな　ジェームス・ディーンたちが
泣いて　笑って　怒って　絶望して

それでも生きていくしかなくって
　或る時　ふと　もと来た西を振り向いたら
　突然　何かが　ぐぐっと突き上げて
　がーっと吐いたら　それが真っ赤な血で
　その血が　死体や糞尿がぷかぷか漂う
　でもまた　それゆえにこそ聖なる
　ヒンズー教徒のガンジス川みたいに
　濁って　虚空を流れて　その果てに
　遂に行き着く先を　或る人は地獄
　或る人は極楽と呼ぶわけだが
　どっちにしても　血を吐き終わった人は
　まずは　差当り　口を拭って
　もう一度　東に振り向き直って
　その闇に浮かぶ　無数の星みたいな
　窓の明かりの　取りあえずはどれかを
　目指して　もう一度　歩き出すしかない
　それを「帰る」と呼んでいいのか
　いや　それとも　そんなのは偽りの「帰る」
　或いは　単なる「帰る」のパロディーで
　本当の「帰る」とは　むしろ
　あの　真っ赤な血の川の流れる先
　地獄だか極楽だか分からないあの「西」へと
　全てを振り捨てて走り出すことの方なのか
　それさえ分からず　ぼーっと立っていると
　どこやらで　ゲコゲコ　カエルが鳴き始める
　（あ　「カエル・コール」だ…）　　　　　　　（原）

ん？　ゲコゲコ？　カエル？

カエル・コールはいいけど
なんで　電車の中にカエルが？
不思議に思い　あたりを見回すが
やっぱり　カエルなんていないじゃん
ゲコゲコ　ゲコゲコ
やっぱり　どっかにカエルが？
大体　さっきから　この電車
ずーっと　ずーっと　走り続けているけれど
駅ってもんに　一切　停車しないのは
どういうわけだ
これが快速か？　快速電車ってものか？
いや　そんなはずはない
小１時間も停車しないとは
間違えて　特急に乗ってしまったのか？
やばい　俺は特急券を持っていないぞ
駅員に気づかれたら　どうする？
ああ　また　ゲコゲコ　言ってやがる
いやいやいや　冷静になれ　よく考えたら
駅がないんだから　駅員だっていないだろう
いや　だから　なんで　駅がないんだ！
そういえば　武蔵小金井には停まっていたな
ってことは　やはり　これは快速電車だ
なのに　なぜ　駅に停車しない！？
ゲコゲコ　ゲコゲコ　三鷹はどこだ
ゲコゲコ　ゲコゲコ　吉祥寺はどこだ
ゲゲコ　ゲコゲコ
西荻窪　荻窪　阿佐ヶ谷はどこだ
ない　ない　ない　ない　駅がない

俺は家に帰りたいんだ
家は高円寺なんだ
高円寺はどこだ　中野は……
中野はダメだ
中野じゃ　すでに高円寺を通り過ぎてるじゃないか
大体　他の乗客は　駅がなくて変だと思わないのか？
なんで隣りのオヤジは平然と新聞を読んでいるんだ
俺の前に座っているネエチャンはスマホをいじってる
ひとり　あせって　窓の外を見る
わ〜　なんだ　あれは！？
カエルだ！　でっかいカエルじゃないか！
さっき夕陽だと思っていたものは
巨大なカエルの口だったのか！　　　　　　（勝嶋）

そうか…うん　今　思い出したぞ！
その昔　怪奇小説家ラブクラフトが
クトゥルー神話で　必死に予言したのは
こいつ　こいつら　つまり人類の誕生する遥か以前に
宇宙の果てから　地球に飛来して　テレパシーで
今も　俺たちを支配している
タコとか　トカゲとか　ワニとか　カエルみたいな
不気味な「神様エイリアン」のことだったんだ！
それが　今日　とうとう　億万年の眠りを破って
それこそ　春先の…俳句でいえば「啓蟄」の
冬眠から目覚めたカエルみたいに
のそのそ　活動を再開したんだな！
とすれば　例の「クトゥルーの呼び声」って
要するに　今の「カエル・コール」か？

ちぇっ！　意外と迫力ねえなあ…
でかいけど　あの顔だって　まんま「ケロヨン」だし
そうだ！　この際　しゃくにさわるから
電車の窓から　あいつに　ションベンでも
引っかけてやるかな　何　かまうもんか　昔から
「カエルの面にションベン」って言うじゃないか
でも　おかしいなあ　ゲコゲコ　ゲコゲコ
あの　間の抜けた声を聴いていると…あれ？
怖いというより　うるさいというより
意外というより　あほらしいというより
どうしてなんだろう　ゲコゲコ　ゲコゲコ
底の底から　噴き上げてくるのは　涙と
どうにもならないくらいの　懐かしさで
ああ　やっぱり　俺の本当に帰るべきところは
東でも　西でもない
といって北でも南でもない
まさに　あの　でかいカエルの口の中だ
もう　あそこしか　居場所はないんだと
ふらふら　そっちへ　飛び込んで行きたくて
仕方がなくなる
まるで　あいつの喉の奥から
運命の赤い糸だか　綱だか
そんな　びょーんとよく伸びる舌が　一瞬のうちに
俺を掴まえて　ぐるぐる巻きにして
また　口の中へ　びよーんと巻き戻される
そんなふうに…　　　　　　　　　　　　　（原）

よし　決めた！

思い切って　あいつの口の中に飛び込もう！
このまま　快速電車に乗っていたって
駅がないんだ　もう帰る家もありゃしない
窓を開ける　そして　一気に飛び出す！
おかあさ～ん！
なぜか　そんな言葉が口から溢れ出す
カエルの口は
ますます大きく膨らみ
どんな血よりも鮮やかで　悲しいぐらい真っ赤だった
俺は　限りない優しさで　赤に包まれた
俺　帰ったんだね　かあさん
ただいま　おかえり
次の瞬間
カエルは　ゲロッと　自分の内臓ごと
俺を吐き出しやがった
あの　クソガエル！
今度会ったら　ゼッテー　シメてやる！
そんな呪いの言葉をひたすら３時間吐き続けながら
俺は真っ暗闇を　落ちて　落ちて
ひたすら　落ちて
気がついたら
そこは　アンドロメダ星雲のどこかの星で
俺の周りは　タコだらけだった
…て言うか
なんでアンドロメダ星雲だって言ってんのに
周りにいるのが火星人なんだよ！　　　　　（勝嶋）

ゲッ、ゲエーッ！

ビックリ仰天したのは　まさしくタコの方だ
サッ、サルだ！　サルだーっ！
しかも、毛がねえぞ！　ピンク色の
地肌が丸出しの　ズル剥けのハダカザル！
（ギャーッ、やめてーっ！）
毛ッ、毛のないサルが…あっ！　こっちに来る！
（イヤーッ！　来ないで！　来ないで！）
やたらめったら　墨を噴きまくって
逃げ惑うタコ　おかげで　辺りは暗黒だ
ん？　だが待てよ　よく考えれば　この状況
ちょっと　幼児的万能感　なくない？
忌み嫌われるっていっても　相手はタコ
その上　勝手に怯えて逃げてくれるので
幾ら弱くても　その場限りの「最強」感はＭＡＸ
むむ　危険だ　これが　クトゥルーの神々の誘惑
こいつに病みつきになって　やつらは
未だに　暗黒宇宙を　邪悪なエイリアンとして
徒党を組んでさまよい続けているのか
い、いかん　こいつはフォースのダークサイドだ
これに屈したら　俺は永遠に　クトゥルー一味の
恐怖のサル神として　神と祀られ…その代わり
二度と　地球には　帰って来れなくなる
し、しかし　それにしても
美味そうだなあ　あの　赤いキュートな八本脚を
くねくねさせながら　あそこを　よろよろ
走って逃げていく　ブロンドのタコ…
あっ！　しめた！　転んだぞ！
ああ、もう我慢できない！

うひひ！　いっただっきまーす！
そうとも！　俺さまは　今日から
密林の魔神　恐怖のキングコング…じゃなかった
ズル剥けの　暗黒宇宙邪神版キングコング
…いや　駄目だ！　やっぱりいけない！
あの美味そうな娘ダコを　一口でも食ったら
おまえは　それで　決して越えてはならない
人としての最後の一線を
思いっきり　もう　これを最後に
踏み越えちまうことになるんだぞ！　　　　　　（原）

……でも　結局　喰っちった
よく考えたら
ここは　アンドロメダ星雲のどこかの星で
こいつらを　喰っても喰わなくても
俺には　地球に戻ることなんて
ハナっから出来なかったんだ
だからね　覚悟を決めてね
ガブッとね　喰っちまったんだよ
ああ！　これで俺はもう人ではなくなってしまった！
邪神誕生！　俺は地球を捨てたんだ！
さようなら　地球の皆さん！　さようなら！
…って言うか　冷静に考えたら
俺　タコ喰っただけなんだけどね……
しかも　驚いたことに
喰ってみたら　奴ら　タコじゃなくて
タコ・ウィンナーだったんだよ　　　　　　　（勝嶋）

そうか　食ったか　食っちまったか
ふふふ…ふふふふふ…ふはははは…！
脳のどこかで　誰かが笑っている
ゲゲコ　ゲコゲコゲコ
ゲゲゲゲゲ…！空の彼方へ　カエルが遠ざかる
ガクッ！　と　突然　身体が沈んで
我に返ると　ここは電車の中
疲れて　吊革につかまって
立ったまま　居眠りしてしまったらしい
隣のオヤジは　相変わらず新聞
前のネエチャンは　相変わらずスマホ
ついさっきまでと　少しも変わらない
いつもの　快速車内の光景だ
そうか　一瞬　夢を見ていたのか
しかし　不思議な　夢ではあったよな
覚めて　こっちに戻って来ても　まだ
最後に食った　あの　ぷよぷよした
禁断のタコ・ウィンナーの歯ごたえが
変に　生々しく残っている
ご先祖様の　アダムよ　イブさんよ
あんたらが　あの時　蛇から受け取った
林檎は　どうだった？　美味かったかい？
今から思えば　あの蛇も　きっと
どこか遠くの宇宙の　帰るところをなくした
クトゥルーの邪神の一匹だった…と
俺には思われてならないんだが
あれ以来　俺たちは　まだ
一団となって　帰るところをなくして

地球の　宇宙の　おぞましい邪神として
万物の霊長だなんて　ふんぞり返りながら
破壊し　殺戮し　そのくせ　心は　いつも淋しくて
焦点の定まらぬ目を　右に左に泳がせ
失われた　帰るべき場所を　むなしく探している
そうして　どこにも停まらない
どこにも　決して帰り着かない
快速電車に　皆で揺られながら
もう「わーい　速いぞ！」とはしゃぐ元気もなく
ゴトトン　ゴトトン　流れに身を任せて
でも　やっぱり　諦めきれずに　突然
どこかから　鳴る筈のない「カエル・コール」が
鳴るのを　意地汚く　待ってるのさ
そう思ったら　突然　何かが　ぐぐっと突き上げて
がーっと吐いたら　それが真っ赤な血で
その血は　ぐちゃぐちゃのタコ・ウィンナーの死体を
浮かべて　ぷかぷか　地獄みたいな
真っ赤な夕空へ流れていく　俺は祈る
神様　クトゥルーじゃないホントの神様
どうか　俺の殺したこのタコ・ウィンナーの死体を
受け取ってくれ　蘇らせてくれ…この通りだ！
だって　俺のでも　全人類のでも
結局　全ての救いは
ただ　その一点に　かかっているのだから…　　　（原）

あっ　月だ　　　　　　　　　　　　　　　　　　（勝嶋）

跋文

跋文
　　異界だらけの現実劇場
　　　　　　　　　　　　　　佐相憲一

　＜現代詩の新鋭、鬼才あるいは奇才、世相と時代を背負ったまま、シュール、笑い、涙。無茶苦茶現実的な異界へ快走。中野ブロードウェイで生き別れた兄弟のように、独特の空気と絶妙な文学コラボレーション！！＞
　という帯文を書いたのは覆面の私である。なぜ覆面かというと、同じ人種と思われたくないから、ではなく、謙遜や恥じらいでもなく、署名したが最後、彼らと同じ東京都西部の中央線（総武線）沿線に暮らしてきた私は、彼らの魅力的な大邪神列車に３人同盟で乗り組みかねないからなのであった。
　表紙をご覧いただきたい。夕焼けか血か、カエルの笑いに吸い込まれそうな中央線の電車が、勝嶋啓太の勤める国立（くにたち）や居住する高円寺、原詩夏至の住む東中野、このコンビがよくとぐろを巻く中野、といったまちを超えて、もはや異界へと迷い込んでいる。どぎついユーモアか、かなしみか。ポップな諧謔か、怒りか。もはや判別しがたい混沌とした情景が、実は私たち巷の人間模様の現実なのだとしたら、それは面白いと言っていいのか、コワイのか。まさに、詩集『異界だったり　現実だったり』の世界である。
　詩人・勝嶋啓太は映画撮影者であった。いまは劇団に頼まれて演劇の台本作家もやりながら、福祉の場で働いている。詩人・原詩夏至は短歌・俳句・小説・エッセイも書く超人である。彼らは怪獣やサブカルチャーやアダルト世界の話で盛り上がるだけでなく、詩作品を交わし、文学や芸術一般について夜遅くまで論じ合う。すると、男同士であんまり仲がいいので心配

した原氏の妻が愛の鞭を彼に見舞う。そんな時、「今日は佐相も来る」というと、良き妻は安心するらしい。私は愛の防波堤なのである。インターネットテレビ「しながわてれび放送」に2か月に1度、私は朗読生放送番組をいただいているが、ふたりに登場してもらった際に原氏はふたりの関係を評して言った。「まるでまんだらけの前で50年前に生き別れた兄弟のようです。」まんだらけというのは、中野にあるショッピングセンター「中野ブロードウェイ」から店舗が始まったサブカルチャー系の聖地である。

　彼らを引き合わせたのは私だ。昨年、詩人の有馬敲さんと私が編者で刊行したアンソロジー『現代の風刺25人詩集』に私はこのふたりの詩群を選ばせてもらった。それぞれの特集ページに関心をもったふたりの間に交流が生まれたのである。

　原氏は50を若干越えたが、勝嶋氏は40ちょっとである。私はその中間だ。人生経験の苦味がそれなりに胃にこたえる年齢である。彼らは＜おたく＞を自称しさえするが、私から見ると、おたくなどという次元を超えた、文学本格派である。そう指摘すると、「本格派」「正統派」とかいうものに反発するひねくれ者の彼らは「ふん」と顔をそむけながら、内心、快感を味わっているらしい風情なのであった。

　どうして文学本格派なのかというと、彼らの詩にはそれぞれ意識と無意識の総合があり、具体と普遍の交錯があり、人生と社会の真実が見られるからである。異界と現実、おとぼけユーモアと風刺性、他ジャンルへの旺盛な越境。これらが共通点である。

　一方、彼らの個性は実はまったく違う味をもっている。照れ屋の勝嶋啓太はズッコケ面白路線の詩が知られているが、実は繊細でナイーブなものをもっている。今回の詩集によって、彼

の深い人生ペーソスの詩情がクローズアップされるだろう。もちろん、おとぼけ語りのひょうきんな面も健在である。饒舌な論客でもある原詩夏至の詩には根本に大きな歴史をつかんだ世界人間哲学の骨がある。辛口の文明批評の中に日常生活の匂いのする独特の比喩が光るのも特長だ。感心し、唖然とする展開。

　このふたりは漫画チックな語りを好む共通性の中に、それぞれの人格を反映した、まったく違った持ち味の詩世界を見せている。今回、同じ詩タイトルで独自に表現した各自の作品が見開きで並ぶことによって、同時代を生きる個性派詩人のそれぞれのニュアンスが新鮮だ。

　作品群を編集したのはやはり覆面の私である。なぜ覆面かというと、始末におえぬ代物の責任をとりたくないから、ではなく、ヤバイからである。ヤバイほど、ぐっときちゃうからである（こうした時代がかった表現は彼らから感染したものである）。編集者自ら酔っていてはいけない。それほど魅惑の４章だてである。

　異界だらけの現実劇場だ。第１幕（第Ⅰ章）は「ザ・哀愁」、第２幕（第Ⅱ章）は「いとしの怪獣たち」、第３幕（第Ⅲ章）は「だからハードボイルド」、第４幕（第Ⅳ章）は「連詩合作の大団円」、である。そんなのどこにも書いてないじゃないか、などと言わないでほしい。舞台裏を特別プレミアムとして披露することは、映画でも音楽でもよくあることだ。ＮＧカット場面特集なら御免だろうが、編集意図のポロリ暴露は、この本をプロデュースした私から読者へのサービスなのである。

　ふたりの詩人が表現するのは、人間存在と社会の深部だ。その全体の時空に奥行きがあり、異界と現実が詩的に交錯し、それでいて、面白い日常生活感や人生哀歓を感じさせてくれる。元気がよくて、詩情があり、文明批評も冴えている。それぞれ

が異界へ越境して書きたい放題やっているようで、ほろりとさたりドキリとさせたり笑わせたり、現実生活の実感と背中合わせになっていて、複眼を感じさせる。2人の個性の火花がいい感じで劇的変化をもたらしているのではなかろうか。4つの章のトーンもメリハリをきかせている。もちろん、ばかっ話ぶりが快調なのは言うまでもない。それでいてシリアスで、本質的である。

　ラストの長詩「大邪神」の含むものは巨大だ。この連詩あるいは合作詩は、2人詩集という機会があったことで生まれた名詩と呼んでいいだろう。ここには激動の人類社会が21世紀初頭にたどりついた混沌の中で、中央線という、極めてローカルな場を舞台にしながら、本質的な人間存在の不安や恐怖、期待や希望、命の叫びなどが凝縮されたエネルギーとなって充満している。面白く展開しながら文学的な象徴性に満ちたこの語りは、詩集づくりの高揚感が生んだ一回限りのアドリブの妙である。

　「夜逃げ」「化石堀り」「雨男雨女」「墓参り」からしんみりと内省的に始まった好詩集は、幾多の変調を経て、ここに宇宙へと生の爆発を見せて終わる。全人類と自分自身の運命を思う原詩夏至の必死の祈りの後で、最後のしめは、心豊かなナイスガイ勝嶋啓太のつぶやき〈あっ　月だ〉であった。

　こんな詩集がかつてあっただろうか。すべての作品が終わった後で、プロデューサーの私は余韻にひたる。どうかひろく、読者の心へと届いてほしい。帰路につくご両人それぞれの背中へ、私はそっと心の拍手をおくる。いい詩集だ。

　現代の読者諸氏がこの詩集を読んで、生きる力になればうれしい。そして、楽しんだりしみじみしたりしながら、存在について、それぞれに何かを感じとっていただければと願う。

あとがき　　　　勝嶋啓太

　お読みいただき、ありがとうございました。
　ひなたぼっこしてて、ふと、原詩夏至さんと何か面白いことして遊びたいなあ、と思ったのが、この詩集を作ろうと思ったきっかけです。
　自分も大概キチガイですが、原さんも相当キてる人なので、こんなふたりのやることを1冊の本にまとめられるのは、世界広しといえども佐相憲一さんしかいないだろう、というわけで、編集に佐相さんを巻き込んで、最狂トリオ誕生。
　で、どうせやるなら、逃げ場なしのガチンコ勝負を、ということで、レフェリー役は佐相さんで、お互いにこの詩集のために全篇書き下ろし、しかも同じ題名・同じ長さの詩を2つ並べて、読者にダイレクトに読み比べてもらおうという、ぶっちゃけ、これはやる方としてはそーとーコワい。
　執筆作業に入ってすぐに、強敵すぎるヒトを相手に選んでしまったことに気づいて、しまった！とオニのように後悔したのですが、もう遅い。ならば、せめて引き分け狙い。僕としては東宝怪獣映画名物「2大怪獣、もつれあって崖から落下！」状態へと持ち込む作戦でしたが、はたして、結果は……！？
　あまりムズカシイ顔せずに、クスッと笑ったり、ちょっとほろっとしたり、バカだねえとあきれたり、ハラさんの方が面白いとか、いやいやカツシマだって負けてはいないとか、あれこれ楽しみながら読んでいただけたなら、こんなにうれしいことはありません。

　　　　　　　　　　　　　　　　　　２０１５年９月

あとがき　　　　原詩夏至

　いやー、それにしても驚きましたね、勝嶋さんから、突然、このお話を頂いた時は。
「たのもー、たのもー」
　或る朝、何やら玄関で声がするので、（誰だ…？）と出てみると、そこに突っ立っていたのが、まるで弁慶か法界坊みたいな、なのに笑顔の、不思議なお坊さん——即ち、勝嶋さん。でもって、
「はい、これ」
と手渡されたのが、極太マジックで表書きされた、全文字ひらがなの「はたしじょう」。
「は、果たし状…？」
「はい」
「で、でも…どうして？」
「いいから、こっちへ来なさい。さあ、早く！」
　かくして、何が何やら分からないうちに連れ出された、町はずれの原っぱ。そこには、今度は助六みたいな眼光鋭いダテ男が待っていて、お坊さん曰く、
「はい、こちら、ジャッジの佐相さん」
「どうも。佐相です。よろしく」
「えっ…？　えっ…？」
「はい、それじゃあ、果たし合い、始めーっ！　ピピーッ！」
「え、ええーっ？！」
　でもって、後はもう、何が何だか…。えっ？　ええ、本当にそれだけです。お、お願いです、信じて下さいよ！
（連れ去られる）

　　　　　　　　　　　　　　　　　２０１５年９月

【著者略歴】
勝嶋　啓太（かつしま・けいた）

　１９７１年８月３日、東京都杉並区高円寺に生まれる。日本大学芸術学部映画学科卒業。映画撮影者として自主映画を中心に数多くの映像作品に関わる。近年は、劇作家として舞台作品の台本も多数手がける。
　詩人としては、詩誌「潮流詩派」「コールサック」「腹の虫」を中心に作品を発表。
　２０１２年には第１詩集『カツシマの《シマ》はやまへんにとりの《嶋》です』（潮流出版社）を刊行。２０１４年に刊行した詩集『来々軒はどこですか？』（潮流出版社）に続き、本書が３冊目の詩集となる。
【連絡先】〒166-0003 東京都杉並区高円寺南２－５３－３

【著者略歴】
原　詩夏至（はら・しげし）

　１９６４年６月２１日、東京都中野区江古田に生まれる。その後、和歌山、愛媛、埼玉、また東京、千葉、また埼玉と各地を転々。現在、また東京都中野区在住。大学も早稲田大学第一文学部を中退後、放送大学教養学部に編入学、今度は無事卒業（専攻は臨床心理学）。何かと波乱含みの人生経路です。

　著書に詩集『波平』（土曜美術社出版販売）、句集『マルガリータ』（ながらみ書房）・『火の蛇』（土曜美術社出版販売）、歌集『レトロポリス』（コールサック社）、短編小説集『永遠の時間（とき）、地上の時間（とき）』（コールサック社）等。日本詩人クラブ会員。歌誌「舟」所属。本書は、２冊目の詩集です。

【連絡先】〒164-0002 東京都中野区上高田１－１－３８

画：勝嶋啓太

石炭袋

勝嶋啓太×原詩夏至　詩集『異界だったり　現実だったり』

2015年11月19日初版発行
著　者　勝嶋啓太・原詩夏至
編　集　佐相憲一
発行者　鈴木比佐雄

発行所　株式会社 コールサック社
〒173-0004　東京都板橋区板橋 2-63-4-209
電話 03-5944-3258　FAX 03-5944-3238
suzuki@coal-sack.com　http://www.coal-sack.com
郵便振替 00180-4-741802
印刷管理　（株）コールサック社　製作部

＊装幀　杉山静香

落丁本・乱丁本はお取り替えいたします。
ISBN978-4-86435-231-4　C1092　￥1500E